VENTE DU LUNDI 16 AVRIL 1894

TABLEAUX MODERNES

—

Dessins par Ingres *provenants de la collection de M᷍ Reiset ... bibliothécaire*

Me PAUL CHEVALLIER   M^e EUG. FÉRAL, peintre

CATALOGUE

DE

TABLEAUX MODERNES

OEUVRES DE

Berne-Bellecour, Corot, Daubigny, J. Dupré, Grison
Ingres, Isabey, Madrazzo
Muraton, Pasini, Pezant, Vollon, Weber, Zuber-Buhler, etc.

DESSINS ET AQUARELLES

PARMI LESQUELS

Vingt-deux Dessins par Ingres

DONT LA VENTE AURA LIEU

HOTEL DROUOT, SALLE N° 1

Le Lundi 16 Avril 1894, a 2 heures précises

COMMISSAIRE-PRISEUR   EXPERT

M° PAUL CHEVALLIER   M. EUG. FÉRAL, peintre
10, rue de la Grange-Batelière, 10   54, Faubourg-Montmartre, 54

EXPOSITION PUBLIQUE

LE DIMANCHE 15 AVRIL 1894

DE 1 HEURE 1/2 A 5 HEURES 1/2

CONDITIONS DE LA VENTE

Elle sera faite au comptant.

Les acquéreurs payeront en sus des enchères *cinq pour cent*.

Paris. — Imp. de l'Art, E. Moreau et Cⁱᵉ, 13, rue de la Victoire.

DÉSIGNATION

TABLEAUX MODERNES

BERNE-BELLECOUR

1 — *Capitaine de cuirassiers debout, le casque
sous le bras.*

Signé à droite.

Bois. Haut., 21 cent.; larg., 12 cent.

CALAME

2 — *Cours d'eau entre deux collines.*

Étude.

Bois. Haut., 14 cent.; larg., 30 cent.

COROT
(CAMILLE)

— *Environs d'Arras.*

Le paysage est légèrement boisé et accidenté ;
vers le fond, un village au bas d'un côteau sur
lequel s'élève une haute construction.

A droite, une rangée de peupliers et un villa-
geois conduisant la charrue.

Au premier plan, deux paysannes ramassant
des herbes.

Ciel avec quelques légers nuages.

Œuvre charmante de l'artiste, d'un effet
vaporeux et suave.

Signé à droite.

Toile. Haut., 31 cent.; larg., 38 cent.

COROT
(CAMILLE)

Vue de Rome ; effet de soleil couchant.

La vue est prise sur les bords du Tibre.

Au second plan, le pont Saint-Ange et le fort
sur la droite.

Dans le fond, le dôme de Saint-Pierre se déta-
chant sur un ciel chaud semé de légers nuages.

Signé à gauche.

Toile. Haut., 26 cent.; larg., 40 cent.

DAMOYE

5 — *Paysage marécageux.*

Signé à gauche.

Bois. Haut. [illegible]

DAUBIGNY

(CHARLES)

6 — *Paysage.*

Esquisse

DAUBIGNY

(KARL)

7 — *Vue d'Enqueville, près Trouville.*

DAUBIGNY

(KARL)

8 — *Effet de neige.*

DEFAUX
(A.)

9 — **Pommiers en fleurs auprès d'une ferme.**
Signé à droite.

Toile. Haut., 40 cent.; larg., 66 cent.

DEVEDEUX

10 — **L'Esclave turque.**

Toile. Haut., 40 cent.; larg., 32 cent.

DUPRÉ
(JULES)

11 — **La Chaumière.**

Elle est entourée d'arbres, son toit de chaume
en partie effondré; une paysanne travaille assise
sur la porte.
Signé à droite.

Toile. Haut., 42 cent.; larg., 55 cent.

ERPIKUM
(F.)

12 — **Les Femmes du sérail.**
Signé et daté 1894.

Bois. Haut., 26 cent.; larg., 33 cent.

GILBERT

13 — *La Jeune espagnole.* (Buste)

Toile. Haut., 40 cent.; larg., 32 cent.

GRANDSIRE

(L.)

14 — *Chemin sous bois.*

Signé à gauche.

Toile. Haut., 45 cent.; larg., 37 cent.

GRISON

15 — *Le Bon Coin.*

Signé à droite.

Bois. Haut., 26 cent.; larg., 20 cent.

GROISEILLIER

(M. DE)

16 — *Les Bords de la Tamise; au soleil levant.*

Signé à gauche.

Toile. Haut., 26 cent.; larg., 35 cent.

GRUN

17 — Le Chemin du village.

Signé à gauche.

Toile. Haut., 17 cent.; larg., 60 cent.

INGRES

(J. A. DOMINIQUE)

18 Roger délivrant Angélique.

Sujet tiré de l'Arioste.

Répétition de plus petit format et avec quelques variantes du tableau qui est au Musée du Louvre.

Signé à droite.

Toile. Haut., 18 cent.; larg., 40 cent.

ISABEY

(EUGÈNE)

19 — Plage normande.

A droite, des maisons de pêcheurs s'élèvent au-dessus de monticules sablonneux.

Des pêcheurs, groupés autour d'un feu, font fondre du goudron et réparent leurs bateaux.

Bon tableau, de la première manière du peintre.

Toile. Haut., 40 cent.; larg., 50 cent.

LESCOT
(Mᵐᵉ HAUDEBOURT)

20 — *La Maîtresse d'école.*

Toile. Haut., 40 cent.; larg., 31 cent.

LOTHIER

21 — *Plage d'Orient.*

Signé à gauche.

Bois. Haut., 18 cent.; larg., 28 cent.

MADRAZZO
(R.)

22 — *Mendiante assise à la porte d'une église.*

Signé à droite.

Bois. Haut., 18 cent.; larg., 14 cent.

MURATON
(Mᵐᵉ EUPHÉMIE)

23 — *Fruits.*

Des pêches, du raisin noir et blanc et autres
fruits. Au centre, une branche de prunes posée
sur une cage où se trouve un ouistiti.
Signé à droite.

Toile. Haut., 55 cent.; larg., 80 cent.

MURATON

(Mᵐᵉ EUPH.)

24 — Bouquet de fleurs.

Des roses, des narcisses, des giroflées jaunes
et autres fleurs posées à terre.
Signé à gauche.

Toile. Haut., 45 cent.; larg., 61 cent.

MURATON

A.

25 — Jeune Fille vue de profil.

Signé à gauche.

Toile. Haut., 33 cent.; larg., 26 cent.

PASINI

(A.)

26 — Le Grand Canal, à Venise.

Signé à droite.

Toile. Haut., 27 cent.; larg., 35 cent.

PASINI

27 — Vue de Venise.

Signé à droite.

Toile. Haut., 35 cent.; larg., 27 cent.

PASINI

28 — Arabe en voyage.

Signé à gauche.

Toile. Haut., 30 cent.; larg., 44 cent.

PEZANT

29 — Animaux au pâturage ; soleil levant.

Signé à droite.

Toile. Haut., 34 cent.; larg., 55 cent.

PEZANT

30 — Animaux à l'abreuvoir ; effet du matin.

Toile. Haut., 27 cent.; larg., 40 cent.

PEZANT

31 — Animaux au repos.

Signé à droite.

Toile. Haut., 24 cent.; larg., 32 cent.

ROBERT FLEURY

32 — La Lecture du rapport.

Louis XIV assis dans un fauteuil, près d'une
cheminée, écoute la lecture que lui fait un personnage placé à sa droite.

Collection Secrétan, N° 67 du Catalogue.

Toile. Haut., 96 cent., larg., 1 m. 28 cent.

VERNIER

(ÉMILE)

33 — Marine et bateaux à voiles.

Signé à droite.

Toile. Haut., 31 cent.; larg., 24 cent.

VOGLER

34 — La Moisson.

Signé à gauche.

Toile. Haut., 60 cent.; larg., 1 m. 15 cent.

VOILLEMOT
(CHARLES)

35 — **Le Printemps.**

Figure allégorique.
Signé à droite.

Toile. Haut., ... — Larg., ...

VOLLON

36 — *Natures mortes.*

Un fromage dans un panier, un pot en grès,
des cerises, des tomates, un carafon et des œufs.
Belle peinture ferme et largement exécutée.

Toile. Haut., ... — Larg., ...

VOLLON
(A.)

37 — *Natures mortes.*

Un saladier rempli de pommes auprès d'une
coupe de cristal, à droite un pot de grès; le tout
posé sur une table en partie couverte d'un tapis.
Belle et vigoureuse peinture.

Toile. Haut., ... — Larg., ...

WEBER

(CH.)

38 — Moulin et habitation de pêcheurs au bord d'un lac.

Signé à gauche.

Toile. Haut., 51 cent.; larg., 84 cent.

ZUBER-BUHLER

39 — Le Jardin.

Signé à droite.

Toile. Haut., 73 cent.; larg., 60 cent.

ZUBER-BUHLER

40 — La Récolte des fruits.

Signé à gauche.

Toile. Haut., 40 cent.; larg., 31 cent.

ZUBER-BUHLER

41 — Le Petit Chat.

Signé à droite.

Toile. Haut., 32 cent.; larg., 24 cent.

DESSINS ET AQUARELLES

MODERNES ET ANCIENS

Les dessins suivants, jusqu'au numéro 69, proviennent de la Collection de feu M. Fréd. Reiset, directeur des Musées nationaux.

GÉRICAULT
(TH.)

42 — *Des Chats.*

Beau dessin à la mine de plomb.

Haut., 32 cent.; larg., 40 cent.

GÉRICAULT
(TH.)

43 — *Piqueur promenant ses chevaux.*

Aquarelle.

Haut., 24 cent; larg., 30 cent.

INGRES
(J. A. DOMINIQUE)

44 — *Amazone blessée.*

Très belle aquarelle exécutée à Rome d'après
un bas-relief.

Provenant de la vente Auguste, ancien pension-
naire de l'Académie de Rome.

Au dos, une note de M. F. Reiset.

Haut., 28 cent.; larg., 25 cent.

INGRES
(J. A. D.)

45 — *Femme assise tournée vers la gauche.*

Beau dessin, à la mine de plomb, pour l'Apothéose d'Homère.

Haut., 32 cent.; larg., 24 cent.

INGRES
(J. A. D.)

46 — *Jeune Femme debout, la tête penchée.*

Sur la droite, une étude de tête et de main.

Beau dessin, à la mine de plomb, pour la
Stratonice.

Haut., 39 cent.; larg., 22 cent.

INGRES

(J. A. D.)

47 — **Danse de nymphes.**

Dessin à la mine de plomb mis au carreau.

Haut., 32 cent.; larg., 42 cent.

INGRES

(J. A. D.)

48 — **Deux personnages debout tournés vers la droite.**

Dessin à la mine de plomb.
Étude pour l'Apothéose d'Homère.

Haut., 48 cent.; larg., 32 cent.

INGRES

(J. A. D.)

49 — **Un Homme courbé ramassant une pierre.**

Dessin au crayon noir mis au carreau.
Étude pour le Saint Symphorien.

Haut., 32 cent.; larg., 42 cent.

INGRES
(J. A. D.)

30 — Jeune Femme assise et personnage debout tenant un bouclier.

Dessin mis au carreau.
Mine de plomb rehaussée de blanc.

Haut., 42 cent.; larg., 34 cent.

INGRES
(J. A. D.)

51 — Étude d'enfants.

Deux dessins à la mine de plomb, sur le même bristol.

Haut., 18 cent.; larg., 18 cent.

INGRES
(J. A. D.)

52 — Enfant vu de face et à mi-corps.

Dessin au crayon noir rehaussé de blanc, sur papier de couleur.

Haut., 35 cent.; larg., 22 cent.

INGRES
(J. A. D.)

53 — Jeune Femme agenouillée tenant un vase.

Dessin à la mine de plomb, sur papier végétal.

Haut., 36 cent.; larg., 29 cent.

INGRES
(J. A. D.)

54 — *Deux études sur le même bristol pour le portrait de Cherubini.*

Haut., 27 cent.; larg., 20 cent.

INGRES
(J. A. D.)

55 — *Trois Femmes en pleurs*

Étude pour le Saint Symphorien.
Beau dessin à la mine de plomb mis au carreau.

Haut., 30 cent.; larg., 30 cent.

INGRES
(J. A. D.)

56 — *Jeune Femme debout vue jusqu'aux genoux.*

Dessin à la mine de plomb.

Haut., 27 cent.; larg., 24 cent.

INGRES
(J. A. D.)

57 — *Trois Femmes assises.*

Dessin à la mine de plomb.

Haut., 22 cent.; larg., 25 cent.

INGRES

(J. A. D.)

58 — *L'Apothéose d'Homère.*

Première pensée du plafond du Louvre.
Dessin à la mine de plomb, sur papier végétal,
repris à la plume.

Haut., 24 cent.; larg., 31 cent.

INGRES

(J. A. D.)

59 — *Jeune Femme debout, la tête penchée.*

A gauche, une étude de tête et un buste de
femme.
Dessin à la mine de plomb pour la Stratonice.

Haut., 40 cent.; larg., 28 cent.

INGRES

(J. A. D.)

60 — *Buste d'enfant et études de bras et de
mains d'enfants.*

Dessin au crayon noir rehaussé de blanc.

Haut., 30 cent.; larg., 25 cent.

INGRES

(J. A. D.)

61 — *Plusieurs enfants.*

Dessin à la mine de plomb pour le tableau de
la Vierge à l'hostie.

Haut., 25 cent.; larg., 27 cent.

INGRES

(J. A. D.)

62 — *Femme vue à mi-corps tenant un enfant
dans ses bras.*

Dessin au crayon noir pour le Saint Symphorien.

Haut., 25 cent.; larg., 15 cent.

INGRES

(J. A. D.)

63 — *Jeune Femme debout vue de face.*

Dessin au crayon noir pour la Vénus Anadyo-
mène.

Haut., 35 cent.; larg., 16 cent.

INGRES

(J. A. D.)

64 — *Un Ange en adoration.*

Dessin au crayon noir rehaussé de blanc, sur papier végétal.

Haut., 30 cent.; larg., 36 cent.

MICHEL-ANGE

(École de)

65 — *Tête d'homme.*

Dessin au crayon noir.

Haut., 37 cent.; larg., 30 cent.

PERINO DEL VAGA

66 — *Motifs de décoration et figures allégoriques.*

Trois dessins sur le même bristol, dont une aquarelle.

PELLEGRINO-TIBALDI

67 — *La Vierge adorant l'Enfant Jésus.*

Dessin à la sepia rehaussé de blanc.

Haut., 26 cent.; larg., 28 cent.

ÉCOLE ITALIENNE
(Fin du xve siècle)

68 — *Personnages debout drapés dans leurs manteaux.*

Encre de Chine rehaussée.
Deux dessins sur le même bristol.

Haut., 20 cent.; larg., 7 cent.

69 — *Femme assise.*

Dessin à la plume, genre de Mantegna.
Tête d'enfant attribuée à Lorenzo Cridi.
Deux dessins sur le même bristol.

BAUDRY
(PAUL)

70 — *Un sujet religieux.*

D'après un maître italien du xve siècle.
Mine de plomb.

Haut., 44 cent.; larg., 25 cent.

(Vente Baudry.)

BAUDRY
(PAUL)

71 — *Tête de jeune Italienne.*

Crayon noir rehaussé de blanc.

Haut., 49 cent.; larg., 38 cent.

(Vente Baudry.)

CASSAGNE
(A.)

72 — *Maisons normandes au bord d'un cours d'eau.*

Aquarelle signée à gauche.

Haut., 42 cent.; larg., 29 cent.

INGRES
(J. A. D.)

73 — *Le Poussin.*

Le grand artiste est assis sur un escabeau et drapé dans un manteau jeté sur son épaule. Il tient un livre.

Dessin à la mine de plomb, provenant de la vente Secrétan.

Haut., 22 cent.; larg., 16 cent.

POLLET
(V.)

74 — *La Sortie du bain.*

Signé à droite.
Aquarelle.

Haut., 37 cent.; larg., 21 cent.

MURATON
(A.)

RED. :

24